子ども　詩のポケット　45

銀の半月

井上一枝

銀の半月

もくじ

第Ⅰ章　銀の半月

第Ⅱ章　雲海の上に

第Ⅲ章　つくし

第Ⅰ章　銀の半月

風になる

かわききった　思いを
二月の空へ

ぴるぴる
寒風が　つきぬけて
せみのぬけがらが
葉うらを　つかんで
風になる

あの真夏の
光を
生まれたての
朝を

じっと　抱いたまま
風になる

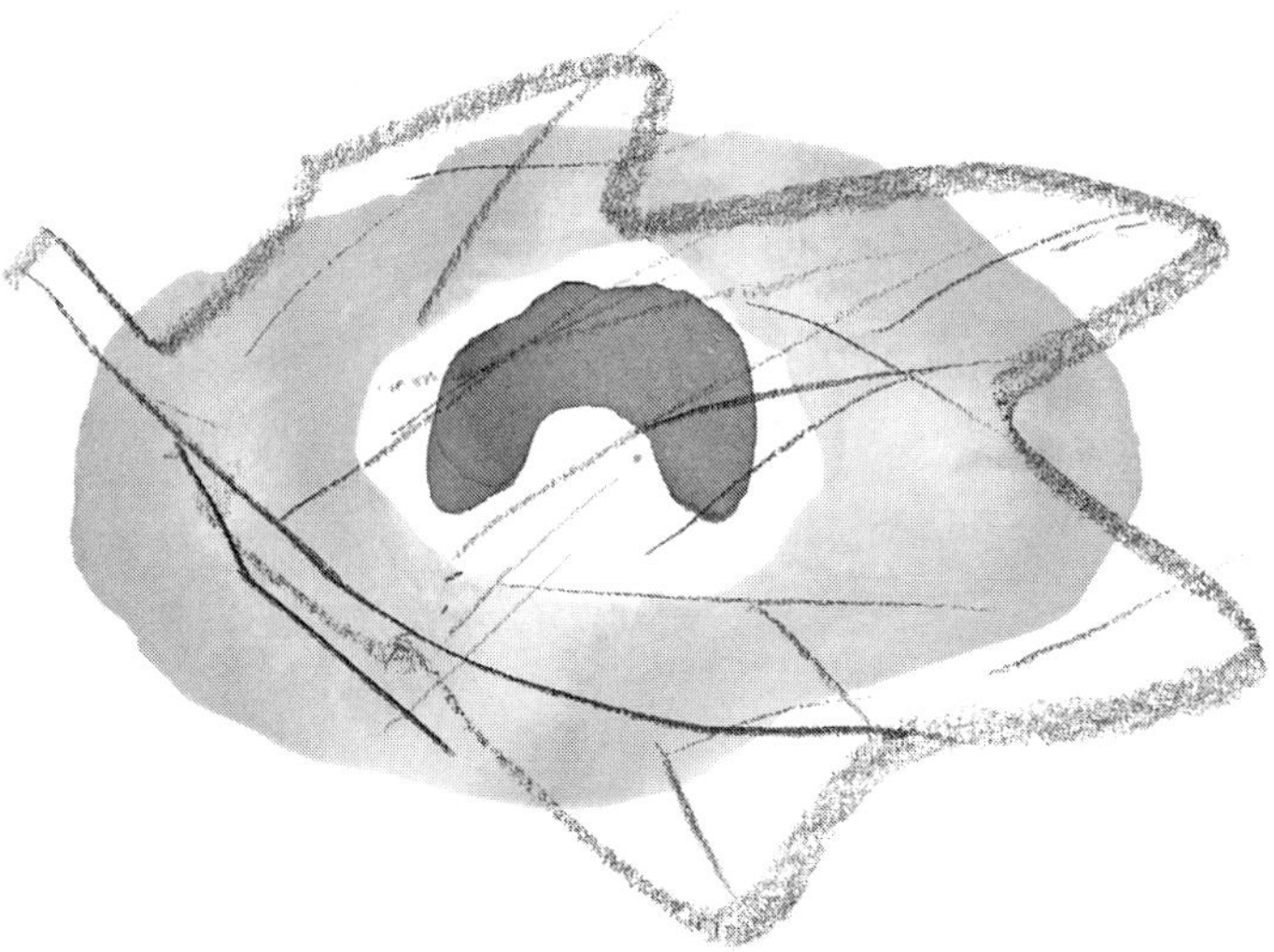

ひぐらし

かな
　かな
　　かな

すきとおった
輪唱が
夜明けの空を　わたる
羽に
折りたたんだ　時が
ひと夏の　喜びが
いっせいに　羽ばたいて

かな
　かな
　　かな

すきとおった
輪唱が
日暮れの空を　わたる
羽に
折りたたんだ　一日を
ひと夏の　やすらぎを
むねにだいて　飛び立つ

たった
ひと夏の　ねぐらへ

銀の半月

春の半月
夜明けの空に
すきっと立つ

月に向かって歩く
月にひかれて歩く

月がわたしを見る
わたしが月を見る

ただ
一心に
雑木林の空に浮かぶ
銀の半月

のらねこの空

道端に
空き缶が　ころがっている
ねこが　においをかぎ
がっかりして　空をあおぐ

秋色の
空いっぱいに
うろこ雲が　光る

ねこは
おなかがぺこぺこ
おもわず
缶をける

チリン
高い空が　ひび割れて
青い海が　おちてきた

うろこが　飛び散り
はねる　はねる
魚が　はねる

ハンカチを洗う

だって・・・
といいかけて
ことばを　たたむ
真新しいハンカチに
トゲトゲのこころを
つつみこんで

でも・・・
といいながら
ことばを　のみこむ
にぎりしめたハンカチに

いいわけのセリフを
まるめこんで
眠れない夜が明ければ
とびっきりの　洗濯日和

ハンカチを
じゃぶじゃぶ　洗い
ぴたぴた　たたいて
シワも
ちぢんだこころも
青空へ　つるして
日光消毒

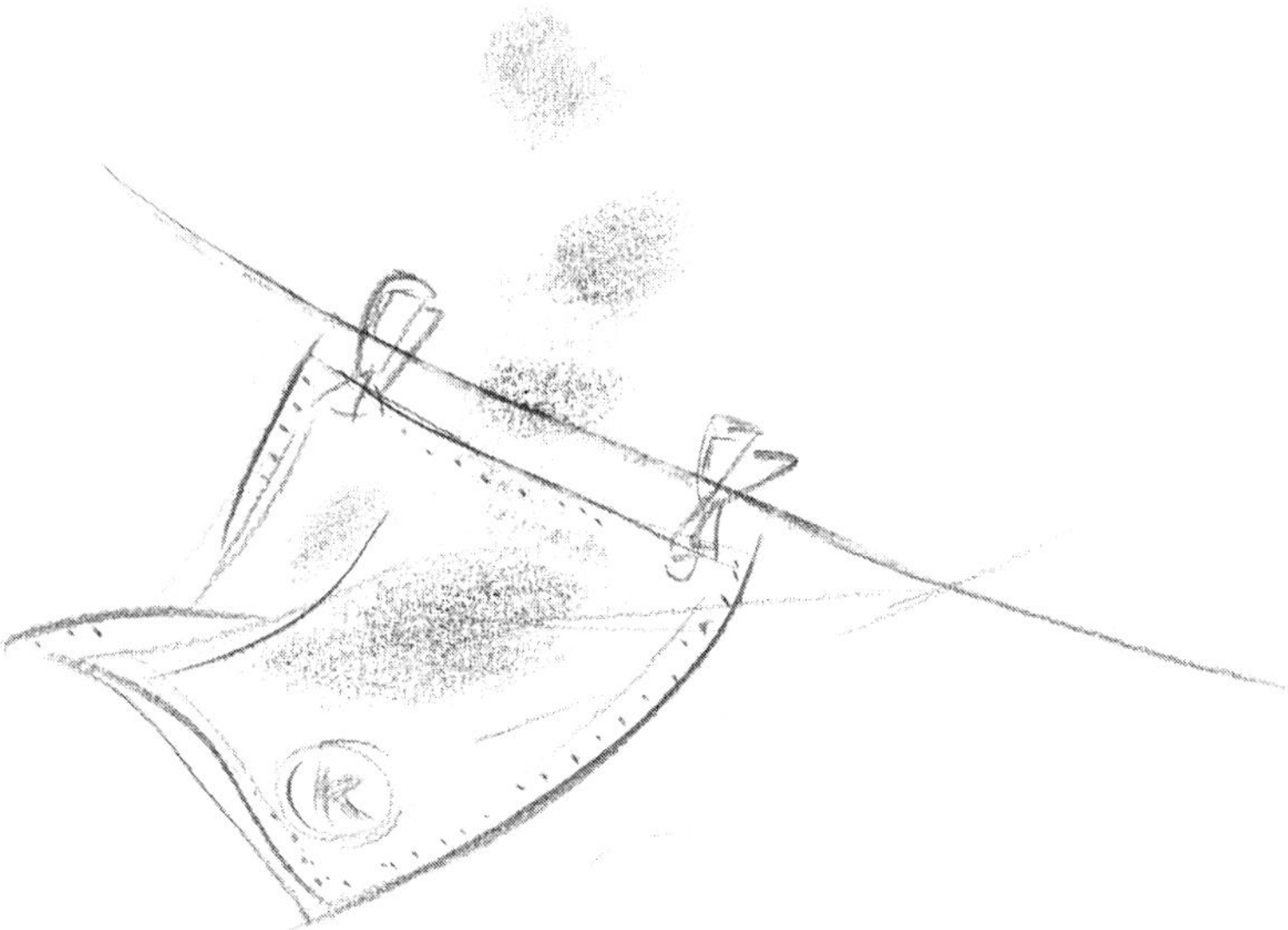

カマキリ

え、
たべるの?

と、声をのむ
高い空の下
そこだけ空気が固まる

雄の胴体をくわえた
カマキリが
くるり
ガラスの目玉をむく

秋刀魚
おいしいだろう
見すえた目玉が
確かにそういっていた

あ、
夕べ、食べちゃった

まっすぐつぶやいたら
青い空が割れて
銀色のうろこが
降ってきた

白いむくげ

もういいか・・・・い
もういいか・・・・い

鎮守の杜で
かくれんぼ
日暮れて声は
おいてきぼり

まいごの
あの日をたぐりよせ

糸でんわのむこうへ
呼びかける

あきこさ・・・ん

振り向いた
笑顔が
記憶の底でゆれて
白いむくげの
向こうで
たよりなくゆれて

もういい・・・よ！

うつむきかげんの春

ふいにつきあげた思いを
とらえようと
うつむきかげんで　道を行く

あのとき
あなたは
すこしはにかみながら
ひときれのりんごを
口に運ぼうとしていた
むきそびれた
ほんの数ミリの
赤い皮を気にしながら

繊細で
優しすぎた
あなた

柔らかな光のなかに
あなたの気配を感じて
私は眼を上げる
春がめぐり来るたびに

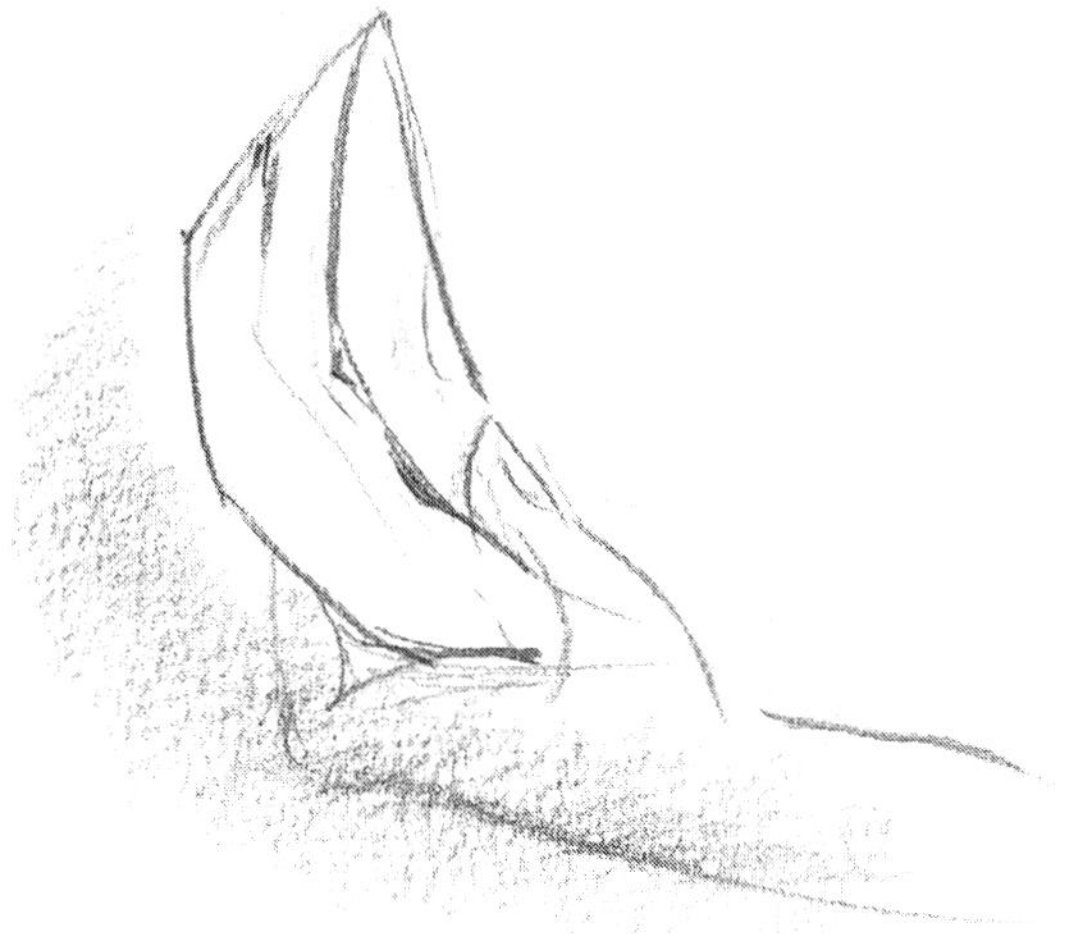

へんてこりんな一日

ぼくのなかに
虫がいる

ときどき
せかせか　つっぱしる
せっかち虫が

いきなり
ちくちく　けしかける
いじわる虫が

へらへら
つくりわらいする
うそつき虫が

きゅうに
おこりだす
おこりんぼ虫が

きょうは
とっても　へんてこりんな日だ

ぼくのなかから
いろいろな虫が
ぞろぞろでてきて
はれのち　くもりのち　どしゃぶり
みたいな日になった

だけど
へんてこりんな　一日の
へんてこりんな　ぼくだって
やっぱり
まるごと　ぼくなんだ

第二反抗期

おれ
今
考える貝
兄ちゃんのセリフ

もしかして
バカ貝だったりして
ぼくのセリフ

ん?
おまえは　チビガキ

セリフにおまけ付の
ゲンコツが飛んできた
バカ貝のマグマは
ただいま沸騰中

ま、
大人になるための
ハシカみたいなものだから
のんきな母さんの呪文
兄ちゃんは重症だよ

あ、
もしかして
ハシカって
うつるの？

第Ⅱ章　雲海の上に

雲海の上に

こんなにも
静かな光を
こんなにも
厳かな輝きで

空を
雲を
刻々と染め上げて
そそり立つ
穂高連峰

今朝
ここに立つ喜びを
かみしめながら

わたしたちは
この光の中から
やってきたのだと
ひそかに確信する

時の止まった稜線で
二本の足で
わたしを　支えながら

山のいす

登山道に
リュックを　おいて
その上に座る

岩場で
水を　飲んで
ほっと一息

大地に
腰を　おろせば
そこが　いす

頂上で
歓声をのせて
風のいす

こだまになって
稜線が　いす

尾根に
わたしの
山のいす

汗がまぶしい
わすれもの

春風

南の山が　ほ
東の山も　ほ、ほ
西の山が　ほ、ほ、ほ
北の山も　ほ、ほ、ほ、ほ

芽吹きの
こえをきいて
山じゅうが　笑いだした

みどりのふとんを
小鳥のねぐらを
ゆすって
ゆすって
青空も　笑いだした

春風の
ゆりかごで
おひさまも　笑いだした

春の足音

のんのん
　　　　のんのん
ののつきばなが　さいた
うす紅色に　あたりを染めて
三日月　のんのん
　　　夜空も　のんのん
淡雪　のんのん
　　　根雪も　のんのん

ひざしをつれて
　雪どけ　のんのん
野山の枯れ草
　つんつん　起こして

春だよー

大地の底から
生まれたての　春の
足音　のんのん

※ ののつきばな……ショウジョウバカマの俗称（ユリ科の多年草）山地の斜面や湿地に咲く。地に広がる葉を袴に見立てて花の紅紫色と合わせた命名。早春に六弁の小花を短い総状花序に集めて咲く。

あの夏へ

入道雲をよじのぼり
あの
白い波しぶきをめがけて
ダイビング・キャッチ
と
さけんだ夏

陽射しをけとばし
あの
風のうまれる先まで
スタート・ダッシュ

と
かけぬけた夏
少年は
いまも
走り続けている
どこかで
あの夏をせおって

コマクサ
夏山の女王

――コマクサ　咲いていましたか
――みごとに　咲いていましたよ
汗をふきふき　笑顔を交わして
励ましあって　登る人
うなずきあって　下る人

みんなが
夏山の恋花
あなたに会いに
白馬岳に登ってくる

細くしなやかな根を
砂礫の下に張り巡らせて
――酷寒の冬なんて　忘れてしまったわ
と、小首をかたむけ
紅色の房をゆすって
嶺々を
夏色に染め上げる

あなたは
つよくて　かれんな
夏山の女王

五月のフレーム

風が光り
緑が萌え
里は
底なしに明るく
道端に
野花がゆらぐ

遠い日
五月の風になって
走り回った庭に

いま
幼い日の友だちが
記憶のむこうから
しのびよる
あのときの
にぎやかな表情を
そっとのぞかせて

ときおり
あの日の額縁に
すっぽりはまりたくて
わたしは
五月の里を
さまよい　歩く

縄文の詩

――屋久島にて

森は
ささやく
大地に
太古の記憶を

森は
抱く
ひとしずくの水
ひとすじの光
生きものたちの
気配を

森は
うたう

いちずに
いのちを
あるがままに
だきしめて

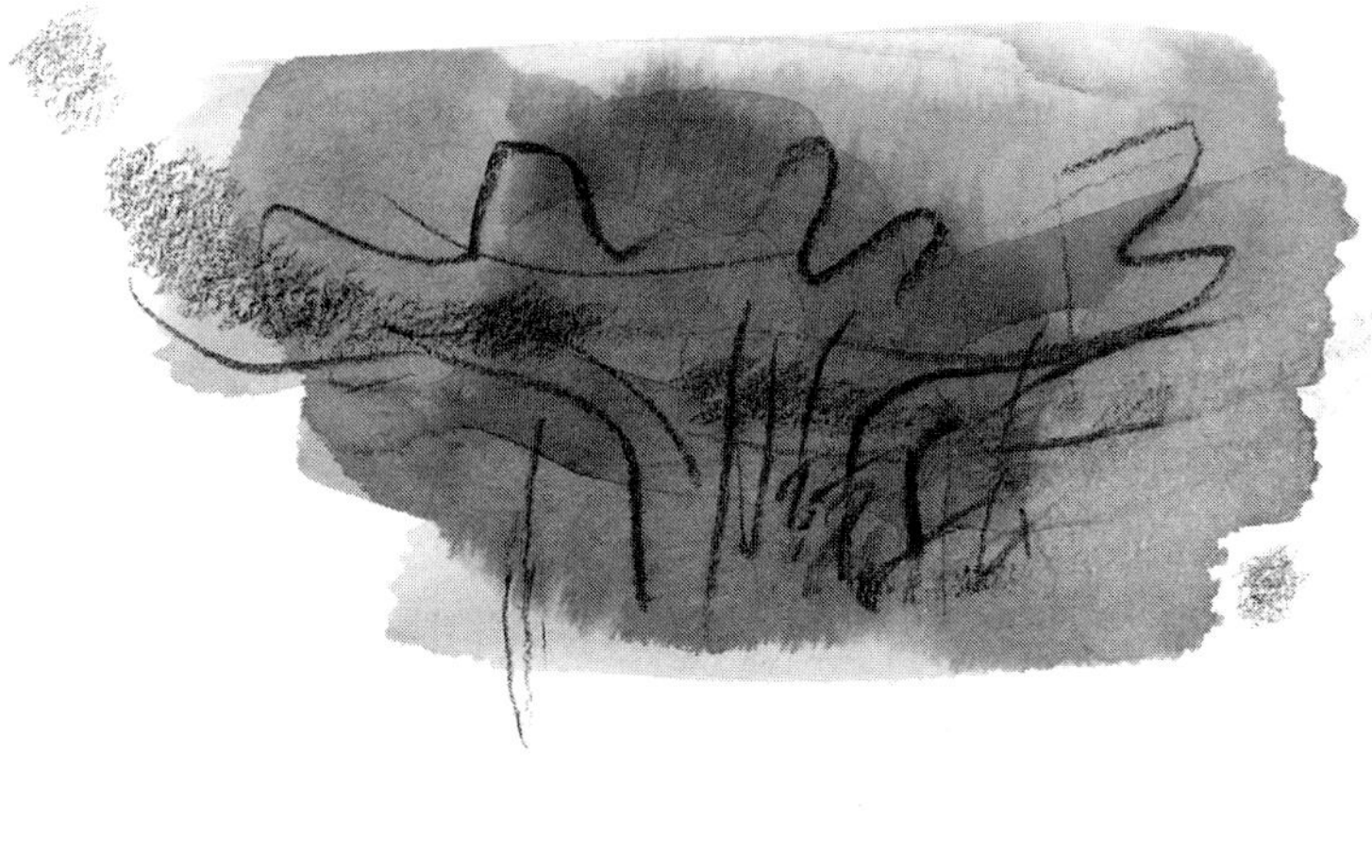

やわらかな朝

明け方
あさがおの葉先を
涼風が　ゆらして

やわらかな　朝です

夕べ
大あばれした
かみなりが
おわびに

涼やかな
やさしい風を
秋色の光を

そっと
おきみやげ

木もれ日の向こうに

わたしに会いに行く
晩秋の山へ

紅や黄色の
もみじにそまって
さんざめく光とともに
わたしの青春は
そこにいた

よろこびの声が
林の梢をつきぬけて
きれぎれの高い空が
紅く燃えていた

遠い日の　空へ
そっと　手をかざす

届かぬ思いが
もみじ色にそまって
木もれ日の向こうに
ちりちり舞う

あの日のままに

第Ⅲ章　つくし

つくし（土筆）

春の予感で
土の中から
立ちあがったから
土筆なんです

線路わきの斜面で
ガードレールの下で
空き地のすみっこで

川風にふるえながら
今朝

おもいきって
背伸びをしたんです

ほ、
春をみつけたぞ
春一番の風が
吹きぬけていきました

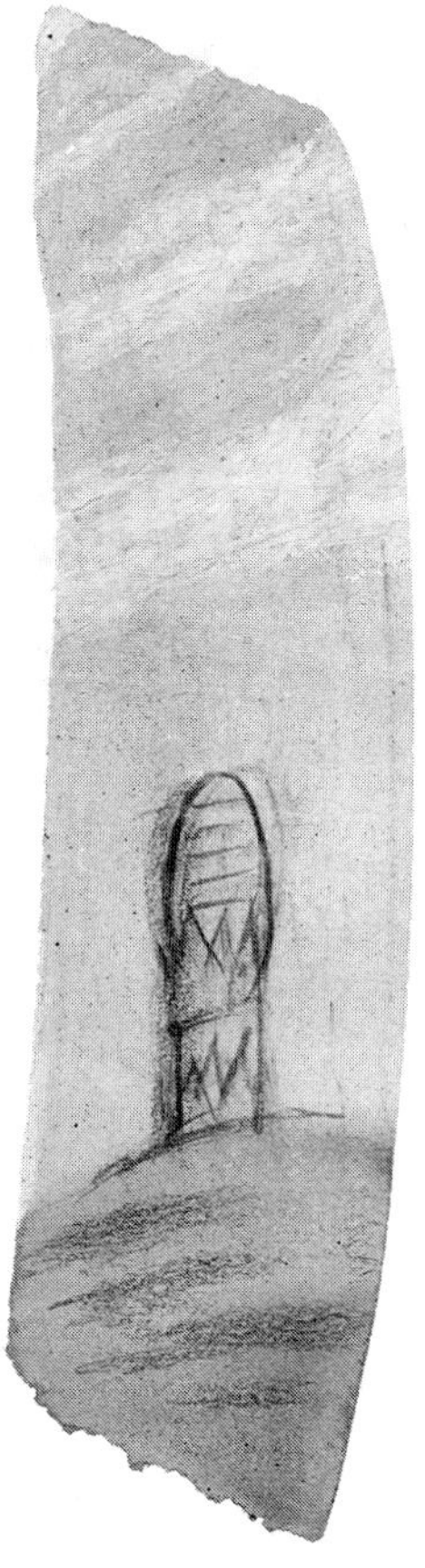

れんげ畑で

あそびつかれて
れんげの花ぶとんへ
ねころんで
空をみる

――ここまで　おいで

ふんわり
春の空から
わた雲が　さそう

どこまでいっても
紅をふくんだ
青い空

いつしか
わたしは
雲になって
おひるね

百日紅（サルスベリ）
――星夜の行進

木肌を
寒風にさらし
動じない冬木
百日紅

星の凍る夜
サルスベリ通りで
静かに
静かに
行進が始まる

地の底で
光に向かって
しなやかな根の
たしかな足おと

夏へ
百日
燃えさかる
夏へ

カラスウリの花

夏の夜
生垣のうえで
白鳥のように舞う
カラスウリの花

闇のなかで
ふわりと白い

時の滴を
密やかに編みこみ

やがて
寒空に
誇らしげに
赤い実をゆらす

白い夏の　一夜の舞い

おちば

にわで
風とおにごっこ
走って
まって
笑顔がころんで
にげまわる

遊びつかれて
このはのおふとん

こころは
おおきく
青空をだいて
鳥になる

羽ばたきながら
高く
高く
秋いろの空へ

トイレット

ドアを開けたら
ラベンダーの香り
小窓の向こうに
白い風景がゆらぐ

額縁の外へ
花々がなびいて
空の果てまで
青紫になびいて

さわやかな
初夏の朝

白い朝

めじろの目のなかに
ちろちろ燃える
雪のいろ
わたぼうしをかぶった
山茶花のいろ

めじろの目のなかに
りんりん広がる
空のいろ
凍てつく朝の
風のいろ

わたしの目のなかに
ひそかにともる
芽吹きいろ
野山を起こす
春のいろ

ぜんまい

わたぼうし
かぶって
でてきたよ

うずまきあたまに
ぴったりの　ぼうし
冬じゅう　かかって
あみあげたの

枯葉の
小鳥の
春雨の
足音　あみこんで

わたぼうし
ぬぐ日を
まっている

ラッパズイセン

春風
起こし
春雨
呼んで
春鳥
招いて

ラッパッパ

黄色のラッパ
吹き流し
春へ行進

ラッパパッパ

空色のトランペット

木枯らしが吹き
高い空が
ちぢんだ朝

いくつも
いくつも
空色の
あさがおが咲く

日よけネットを
よじのぼり
西の窓辺に

はなやかな夏を
惜しむように
花びらの中から
トランペットの
音色がこぼれる

初冬の空へ
うすい日ざしを
あつめて

いのちの神秘・よろこびを歌う
井上一枝詩集に寄せる

詩人　野《の》呂《ろ》　昶《さかん》

澄みきった高原の青空のような、みずみずしいもぎたての果物のような詩集が誕生しました。詩集のページをめくるごとに、詩心の泉からふくふくと湧き出る、きよらかなポエジーの水音が聞こえてきます。

　風になる

かわききった　思いを
二月の空へ

ぴるぴる
寒風が　つきぬけて
せみのぬけがらが
葉うらを　つかんで
風になる

あの真夏の
光を
生まれたての
朝を

じっと　抱いたまま
風になる

なんと澄明で爽やかな作品でしょうか。繊細で震えるような感性が、一瞬にとらえた感動です。大地も空も凍てつく二月、葉のうらにのこっていたせみのぬけがらに、寒風がつきぬけ、風になるのです。あのうすくすきとおったせみのぬけがら、体がないかのような軽さで、葉うらをつかんでいます。そこへ寒風が吹きつけ、ぬけがらは透化され、風そのものになってしまいます。それも、あの真夏の空のもと、じいじいとやかましいほどに鳴いていた「生まれたばかりの朝」を抱いたまま風になるのです。風はどこへ行ったのでしょうか。
それは、せみが生まれる前のいのちのふるさと、宇宙の真理そのものの中へ帰っていったのです。詩人の冷徹ですきとおった感性の結晶ともいえる作品です。

雲海の上に
こんなにも

静かな光を
こんなにも
厳かな輝きで

空を
雲を
刻々と染め上げて
そそり立つ
穂高連峰

今朝
ここに立つ喜びを
かみしめながら

わたしたちは
この光の中から
やってきたのだと
ひそかに確信する
時の止まった稜線で

二本の足で
わたしを　支えながら

標高三一九〇メートル、穂高連峰の頂上を踏破した時の感慨をうたった作品です。黎明の空にそそり立つ穂高連峰、太陽が空を雲を刻々と染めあげて登ってくる様子がなんと的確に、選びぬかれた言葉で表現されていることでしょう。「こんなにも／静かな光を／こんなにも／厳かな輝きで」新生の太陽の光が、すぐ目の前に見えるような言葉のリズム・表現で、視界の穂高連峰の山々が立ち上ってくるようです。そして、その感動の中で思うのです。「わたしたちは／この光の中から／やってきたのだと／ひそかに確信する」いのちとは、よろこびそのものだと私は思いますが、光は生きものの生命の根元、よろこびそのものでもあるでしょう。「わたしたちは／この光の中から／やってきた」まさにその通りです。光を故郷とする私たちだからこそ、大いなる光（太陽）の前に立つと、心の底から湧き上る感動にうち震えるのです。「時の止まった稜線で／二本の足で／わたしを　支えながら」

空色のトランペット

木枯らしが吹き
高い空が
ちぢんだ朝

いくつも
いくつも
空色の
あさがおが咲く

日よけネットを
よじのぼり
西の窓辺に

はなやかな夏を
惜しむように
花びらの中から
トランペットの
音色がこぼれる

初冬の空へ
うすい日ざしを
あつめて

おそ咲きのあさがおの花が主題ですが、あさがおを空色のトランペットと取らえた感性はユニークです。その空色のトランペットは、音のない音、心象の中だけで鳴りひびき初冬の空へ消えていきます。木枯しの吹きすさぶ中で、最後の力をふりしぼって咲く朝顔のけなげさ、厳かな美しさをこの作品は見事に描き出しています。そしてこの世に生を受けるもののいのちはすべて荘厳な美そのものであることを　この作品は高らかにうたっているのです。

井上一枝さんの作品は、このように詩の素材をまず心象の奥深くに取りこみ、その澄明な感性によって充分に濾過し、そこに秘められている美や感動を簡潔な言葉によって表現する、そういう作風であるということができるでしょう。そして、どんな素材の中にも、存在することのよろこび、いのちのよろこびがあることを　それぞれの作品を通して歌っています。

この詩集が多くの人々に読まれ、その心にぽっと灯をともし、生きる力になることを願っています。

あとがき

白い山茶花

こころの中から
逃げ出したもの
なぜ？
どうして？
いすわったもの
でも…
だから…
心の中へ　巣食ったもの
極楽とんぼ

それらに　気づいたとき
わたしは
だいじなことを　思い起こした

真っすぐだった　こころ
ぴんぴんはねていた　こころ
だれにも
じゃまされなかった　こころ
あしたが
待ち遠しかった　こころ

山並みを背に
ひっそりと澄みわたる
白い山茶花を見ていたら
それらが
いっぺんに呼びさまされた

大人と子どもの
境目さがしをやめて
わたしの中の子どもを
日ざしの中へ　連れ出そう
ぼんやりしていると
すぐにまた
逃げ出してしまうから

故、菊地正先生のご指導で、初めて少年詩を知りました。

「新しい少年詩を書きましょう」

と先生は言われました。

この詩は、そのころ書いた詩です。

ほめ上手の先生は、いつも満面の笑みでおっしゃいました。

「何かいい詩になりそうな予感がします」と。

その後、詩人の野呂昶先生にご指導いただきました。

私の詩は、自然描写が多いのですが、このことはいつも故郷につながっています。

詩を書いていますと、子どものころ、故郷の自然の中で遊んだ日々が思い出されます。

山々や野の小さな草花とともに、心象風景になって生き生きと蘇ってきます。心の滋養を故郷の豊かな自然からたくさんいただいていたことに、気づかされました。

詩人の野呂昶先生には、出版に際して一方ならずお世話になりました。

深く感謝を申し上げます。

画家の小倉玲子先生には、すてきな絵を描いていただきました。

こころよりお礼を申し上げます。

井上　一枝

井上　一枝（いのうえ　かずえ）
新潟県生まれ。神奈川県在住。
（詩）「第二反抗期」（佳作）『日本児童文学』
（創作）　メルヘン21　同人
（詩）　　かたつむり　同人

小倉玲子（おぐら　れいこ）
広島県出身
東京芸術大学日本画科大学院修了。
壁画オリックス神保町ビル陶壁画。
北九州サンビルモザイク壁画ほか数点制作。
絵本「るすばんできるかな」ほか。

子ども　詩のポケット　45
銀の半月
井上一枝詩集

発行日　二〇一二年五月二十日　初版第一刷発行
著　者　井上一枝
装挿画　小倉玲子
発行者　佐相美佐枝
発行所　株式会社てらいんく
〒二一五-〇〇〇七　川崎市麻生区向原三-一四-七
TEL　〇四四-九五三-一八二八
FAX　〇四四-九五九-一八〇三
振替　〇〇二五〇-〇-八五四七二
印刷所　株式会社厚徳社
 ISBN978-4-86261-093-5 C8392